KB176322

노래하는 시인

송정 **양수아** 시집

어머니는 내 삶의 등불

작가의 말

어머니는 내 삶의 등불

긴 터널을 지나 지금의 자리에 오기까지 수많은 시간 세월이 흐른 것 같습니다. 암울한 시기에 죽고 싶었던 시절에도 유일하게 견딜 수 있는 원동력은 저의 마음을 표현할 수 있는 시가 에너지가 되었고 이제 삶의 철학이 담긴 양수아의 시가 세상에 나와 빛을 보게 되었습니다. 또한 한 여자로 태어나 부부의 인연도 오래 함께 하지 못하고 사랑하는 남편을 먼저 보내시고 오직 딸자식 만을 위한 삶을 사시다 저 머나먼 길을 떠나신 어머니의 사모곡이 노래로도 나오게 되었습니다. 제가 정규 학교를 나온 것도 아니고 국문학을 전공한 것도 아닌데 독자분들의 마음을 사로잡을 수 있을까 하고 이 개인 시집을 내기까지 많은 고심을 했습니다. 그러던 중 문예대 대중가수학과 연동연 교수님을 만난 후 제 삶에 변화가 생겼습니다.

제가 옳은 길을 갈 수 있도록 충언의 말씀과 용기를 북돋아 주셨으며 사단법인 종합문예유성 황유성 이사장님을 만나는 행운을 얻게 되었습니다. 이사장님께 자문을 구하며 저의 마음의 뜻을 전하고 시집이 세상에 나왔을 때 손가락질보다는 감동을 줄 수 있는 시가 많다며 머뭇거리는 제게 자신감을 심어 주셨습니다. 인생을 살며 깨달음이 있다면 어떤 사람 어떤 단체를 만나느냐에 따라 사람의 그릇의 차이는 크고 작고 높고 낮음이 있다는 사실을 알게 되었습니다.

제 개인 시집 퇴고 편집에 출간할 수 있게 도와주신 황유성 이사장님께 제 첫 시집 출간의 기쁨을 함께 하고 싶습니다. 그리고 헌신하며 자식만을 위한 삶을 사시다 저 하늘의 별이 되신 어머니께 이 영광을 돌리고 싶고 제2의 인생을 살게 물심양면으로 도와주신 연동연 교수님께도 고마움의 인사를 드립니다.

이제 저의 시는 독자분들의 몫입니다. 부족하지만 응원해 주시고 격려하는 마음으로 한자 한자 소중하게 읽어 주시길 부탁드립니다. 사랑으로 배려하는 맘으로 저의 시를 읽어 주셨으면 좋겠으며 이 시를 쓸 때 양수아의 마음이 어떤 마음인지 헤아려 주셨으면 합니다. 앞으로 더 좋은 시 삶의 귀감이 되는 시로 다가갈 것입니다. 초심을 잃지 않는 노래하는 시인 송정 양수아가 되도록 노력하겠습니다.

감사합니다.

노래하는 시인 송정 **양 수 아**

차례

1부

2부

차례

3부

어머니는 내 삶의 등불

어머니는 내 삶의 등불

1부

가을

가을의 붉게 물든 단풍을 보니
떠나간 임의 얼굴 떠오르네

추억이 새록새록 떠오르는
가을밤이 왜 이리 길더냐

떠나간 임은 오지 않고
창문 너머 들려오는 바람 소리뿐

바스락바스락 낙엽 쌓인
오솔길을 거닐 수 있었던

그 시절 옛사랑이 떠오르네.

가을꽃 코스모스

파란 가을 하늘에
하얀 뭉게구름 두둥실 떠돌고

부드럽게 불어오는 산들바람에
하늘거리는 여인의 치맛자락

가냘픈 몸매로 한들한들 춤추고 있는
그녀는 가을꽃 코스모스라네

그녀가 있어서
이 가을은 유난히 아름다운 것을.

저 하늘의 별이 된 친구에게

만물이 소생하는 봄
나뭇가지엔 새싹이 차오르고
땅끝에서는 겨우내 움츠렸던
싹이 푸르게 올라오네

산에 오니 공기도 산새도
나를 반겨주는데
떠나버린 친구는
불러도 대답이 없구나

살아있을 때
위로의 말 격려의 말이라도
실컷 해 줄 것을...

떠나고 간 너의 빈자리가 이렇게 큰 걸
그때는 왜 몰랐는지

나의 열정을 보며
사는 힘을 얻는다고
공부를 못한 게 한이라고
늘 말하던 친구야.

저 하늘에서는
네가 원하던 공부도 하며
아프지 말기를 기도 하마

행복하게 지저귀는 저 새들처럼
훨훨 마음껏 창공을 날으며 살아가렴
네가 있음으로 힘들었던 나의 삶에
희망을 품고 살아갈 수 있었노라고 말해주마

모든 고통 아픔 시련을 겪으며
성숙해가는 우리의 삶에
너는 나의 한줄기 빛이었음을 말해주리라

내 살아가는 그날까지
네가 이루지 못한 일까지
최선을 다해 살아가리라

네 몫까지 꼭 이룰 수 있도록
저 하늘에서도 기도해 주렴.

새가 되어 훨훨 날아가고 싶다

새가 되어 훨훨 날아가고 싶다
보고픈 부모님 찾아서

새가 되어 훨훨 날아가고 싶다
저 아름다운 꽃 속에 파묻혀 살고 싶어서

새가 되어 훨훨 날아가고 싶다
고통과 번뇌가 없는 시원한 숲속으로

새가 되어 훨훨 날아가고 싶다
나만의 자유를 찾아서

새가 되어 훨훨 날아가고 싶다
고귀하고 영롱한 아름다운 내 사랑을 찾아서...

어리석음과 깨달음의 차이

인생이란 무엇일까!
삶이 주는 의미는 무엇일까!
살아있으니 사는 것이요
숨을 쉬고 있으니 사는 것이라고 말들은 하더이다

굶어본 자만이
배고픔의 설움을 알 것이요 배우지 못한 자만이
배움에 대한 깨달음으로 전진하며 살더이다.

사람이 흐르는 눈물도 이물질이 들어갔을 때
반사 눈물 감정을 느낄 때 나오는 눈물
실컷 울고 나면 속이 후련해짐을
느낄 수 있는 깨달음의 눈물

이런 상반된 관계 속에서
어리석음과 깨달음의 지혜를 터득하며
우리네 삶을 사노라면 잃음도 얻음도 있지요
내가 가진 것을 잃고 나면
또 다른 큰 얻음이 많은 걸 알겠더이다
인생이 뭐 별거인가요
아픈 만큼 성숙해지듯이
주어진 현실에 충실하고
닥쳐온 내 현실을 잘 견디며
살면 되는 것이요

심한 진통을 겪은 후에 얻은
깨달음이 주는 지혜는
비온 뒤에 땅이 굳는 것처럼
인생의 참맛도 체험하며 사는 삶 속에
행복이란 단어를 더 뜻깊게 파악할 수 있기에

내 살아온 날보다
살아갈 삶이 더 중요하기 때문에 깨달음이 주는 지혜에 충실하며
내 인생 멋지게 즐기며 살아 가리라.

강물

흘러간다 흘러간다 막힘없이
유유히 강물은 잘도 흐르네
어디에도 부딪힘 없이 졸졸졸 흐르는 강물아

속절없이 흐르는 세월 속에 내 젊음 내 청춘 덧없이 흐르고
내게 남은 건 세월의 흔적 주름살만 남았구나

이제 내 인생도 이순의 나이가 되었으니 야속하다 하지 말고
익어가는 나이요 영글어 가는 나이니 저물어 가는 황혼의
노을빛이 아름답듯이 내 마지막 삶 나의 열정을 봉사하며
살다 가리라

황혼의 내 삶을 무지개처럼 오색찬란하게 활짝 피우리라.

그대 떠나던 그날에

그대 떠나던 그날 산천초목이 무너지고
내 가슴은 철렁하고 내려앉았어요
그대 떠나던 날 하늘은 까맣고 땅은 꺼지고
내 심장은 타들어 갔어요

그대 떠나던 날
우리 집 앞 새들도 구슬피 울고
아끼던 화초도 주인이 떠나는 걸
알았는지 시들어 버렸어요

그대 떠나고 나니
당신의 잔소리는 사랑의 노래였고
당신의 코 고는 소리는 자장가였으며
땀 냄새는 나에게 진한 향수였어요

보고 싶은 마음
그리움에 사무쳐서 가슴이 미어지고
눈꺼풀이 짓무르고 살을 에는
고통도 나는 참을 거예요
왜냐면 당신이 남기고 간 사랑의 흔적
두 딸이 있으니까요

당신과 나의 이승에서 못다 한 인연이었지만
당신을 위해서 기도하겠어요
저 세상에서 고통 없이 좋은 사람 만나서
행복하게 살아가길 기도 드릴래요

먼 훗날 내 죽어 당신을 만난다면
당신 없는 세월 최선을 다해
살았노라고 이야기할 때
수고했다고 꼭 껴안아 주세요.

가슴속의 사랑이란

가슴속의 사랑은 나누고 배려하며
섬기는 것 다시 보고 싶고 또다시 본다 해도
라일락 꽃향기에 취해 그대를 생각하지만
마음은 저 먼 허공만 바라보네

바다라도 가서 외쳐보고 싶구나
사랑은 정말 아리송하고
힘든 것임을 깨닫지 못하니
아름다웠던 추억을 에너지로 삼아서
자연과 벗 삼으며 살아가리라

차라리 모르고 지나갔다면
마음이 이렇게 새까맣게
타들어가지 않았을 것을
타다 남은 잿더미 속에 입술이 파르르 떨리며
내 눈가에 눈물이 흐르는 것은

그래도 마음 한쪽엔
너의 그림자가 차지하면서
너에 대한 사랑은
진심이었다고 전해 주렴아

사랑은 아낌없이 주는 것
눈빛만 보아도 통하는 것
사랑은 소리 없이 왔다가
소리 없이 떠나버리고
난 그 사랑을 못 잊어서 가슴이 메이네.

나의 반쪽을 생각하며

오늘 문득 지나온 삶의 회상에 잠겨보네
나의 길고 긴 여정 삶 속에
후회보다는 보람된 시간이 많았기에
내 인생을 뒤돌아볼 수 있지 않을까

굽이굽이 굴곡진 긴 터널을 지나
지난 일들이 뇌리를 스치며 생각나는 한 사람
미우나 고우나 33년을 살다
저 하늘의 별이 된 나의 반쪽

무뚝뚝하여 표현도 하지 못한 사람
내 마음에 상처도 많이 남겨준 사람이지만
그 사람이 있었기에 강해질 수 있었으며
자식들을 위해 내 한 몸 희생할 수 있게 해준
원동력이었기 때문이리라

내 양 어깨에 한가득 숙제를
남기고 떠난 사람
먼 여행길을 떠난 그 사람에게
아쉬움을 토해내고 싶은 밤이다

복잡한 마음 누구에게 하소연할까나
내 뜻대로 되는 세상은 아니기에
누구를 위한 삶이었는지

한 번뿐인 내 인생 살아온 날보다
살아갈 날은 얼마가 될지는 몰라도
연극무대에서 아슬아슬하게 열연하는 배우처럼
나의 인생도 멋진 주인공이 되고 싶다

진정한 삶의 주인공으로 거듭 태어나고 싶다
정말로 정말로...

사랑한 내 님아

산새 지저귀는 깊은 밤에
멀리서 들려오는 처량한 피리 소리
사랑한 내 님은 기다려도 오지 않네

밤새워 지어 만든 저고리 적삼에
살을 에는 아픔을 수놓은 옷에 한을 심는다

한 올 한 올 수놓은 옷
눈물어린 내 사랑에
깊은 한숨 몰아쉬고

내 님아 내 님아 내 사랑 님아
애타게 불러도 메아리만 허공에 퍼지고
버선발로 밤이슬 맞으며
내 사랑 기다리다 망부석 되었네.

노래하는 시인

산에서 노래하면
나무들이 춤을 추고

들에서 노래하면
흰 구름이 춤을 추는

나는야 대지의 꽃이요
노래하는 시인이라네.

어머니의 장독대

따가운 햇살 아래
옹기종기 모여 있는 장독대

새벽마다 일어나 정화수 떠놓고
자식을 위해서 빌고
물걸레질해 가며 윤기가 나도록
정갈하게 닦으시던 우리 어머니

장독대 보노라면
어머니 포근한 정이
물씬 풍겨 나온다.

옹기종기 가지런히 모여있는
장독대마다 사연도 가지가지
어머니 손맛 뽐낸 고추장 된장
갖은 양념의 장아찌

한 장독대에는
맛있는 된장이 익어가고
또 한 장독대에는
구수한 맛을 내는 간장
또 한 장독대에는
빨갛게 익어가고 있는 맛깔스런 고추장

당신의 운명을 알았는지
다가올 한 해엔 줄 수 있을까 하시며
한가득 담아주시던
고추장 된장 간장 장아찌

각각의 항아리마다 사랑의 마음이
가득 담겨있는 어머니의 장독대
이 가을날 몹시도 그리워진다
어머니의 사랑과 정이...

그리운 어머니

차가운 바람에 뼈속까지 파고드는
그리움 안고 살아온 세월에
이마에 그어진 고난의 훈장 주름살

자식을 위해 조건 없는 사랑 베풀며
서러움 외로움 참으며
홀로 산 40여 년 24일

고왔던 손마디 마디마다
굳은살 박히시고
구부정해진 허리를 보며
내 눈시울 붉게 만들던 어머니

자식 잘못될까 한숨 쉬고
보고픔에 두숨 쉬며
외로움의 한 많은 세월이었음을
당신 떠나신 후 나홀로 되어 살아보니
그 서러움 이제 알았네.

오직 자식만을 위해
헌신하며 사셨던 우리 어머니
이제는 그 끈 내려 놓으시고
저 하늘에서 편안한 쉼이 되시길 기도하며

당신이 남긴 발자취 떠올리며
저 하늘에서 들으실 수 있도록
사랑의 노래를 불러 드리리다

어머니 어머니 보고픈 우리 어머니
사랑합니다.

아버지의 리어카

이른 새벽 찬 이슬 맞으시며
리어카에 한가득 짐 보따리 실으시고
두 어깨에 또 한가득 등에 메고
새벽장에 가시던 울 아버지

어둑해진 밤하늘 별빛을 보며
한 손에는 막걸리
또 한 손에는 자식 간식 들고
온몸 힘이 빠지셨는지
비틀 비틀 리어카에 몸을 기대고

우리들을 보며 행복해하시며
크게 함박 웃음을 지으시던 아버지
자식 사랑이 유난히 많으셨던 당신

어렵게 나은 귀한 아들 먼저 보내고
큰 눈망울에 피눈물 토해 내시고
보고픔에 누가 볼세라
꺼억 꺼억 통한의 울음으로
통곡 하시던 아버지

그리움에 희끗해진 흰머리가
유난히 별빛에 빛이 나고
아들을 잃은 슬픔으로
44세에 저 하늘의 별이 되셨던 당신

아버지의 인생은
자식을 향한 진정한 사랑
한숨과 눈물의 세월이었네.

파도 소리

적막하고 어둑해진 밤에 들려오는
철썩철썩 이는 파도 소리

구슬피 연주하는 피리 소리
가야금 소리로 들리는구나

파도가 넘실대는 저 항구의 등대는
깜빡깜빡 거리며 불빛을 밝혀 주는데

끼룩끼룩 높이 날으며 울어대는 갈매기야
누굴 찾아서 이곳 저곳 기웃거리니
너를 보니 내 마음이 아려오는구나

너의 구슬피 울어대는 소리는
임 떠난 사랑의 서글픔의 노래이던가.

첫눈 내리는 날

밤새 하얀 눈이 내렸네
가지가지에도 하얀 눈꽃 송이 옷으로 갈아입었네

하얀 눈 수북이 쌓여서 설경의 아름다움에 반하고
어제만 해도 가을의 느낌이었건만

밤새 내린 눈이 겨울의 정취를 느끼게 해주는
자연의 위대함에 고개가 절로 숙여지네

첫눈이란 사실에 꽃다운 소녀의 추억도 새록새록
아련하게 떠오르고 내 마음도 설레네.

온 세상의 하얀 눈처럼
이 세상 모두가 하얀 마음 고운 마음
청렴하고 행복한 세상이 되었으면 좋겠네.

봄의 연인

봄바람이 내 코끝을 맴돌고
풋풋한 풀 내음의 내 맘은 설레네

활짝 핀 꽃들도 나를 반기지만
내 마음을 흔들어 놓은 사랑을
그리워한들 볼 수가 없네

가랑비에 옷깃만 스쳐도 인연이라 했거늘
정주고 떠난 사람 그리워한들 무슨 소용 있으리
마음만 아픈 것을

겨우내 움츠렸던 내 마음
이제 풋풋한 산 내음 향수 삼아서
이름모를 새들의 지저귀는 산새 소리와 벗 삼고
아름답게 활짝 핀 꽃들과 함께
마음이나 달래 봐야지.

사랑이 오면

사랑이 오면
가지에 새싹이 차오르기 전
몽우리가 맺히듯 풋풋한 사랑을 하고
생명을 불어놓은 사랑을 하리

꽃망울이 활짝 피듯
머뭇거리는 사랑이 아닌
뜨거운 가슴으로 나누는 사랑을 할 거야

가지가지 늘어진 나뭇가지 사이로
시원한 바람이 그늘과 산소를 주듯이
축 처져 있는 어깨를 감싸며
두 손으로 사랑의 고귀함을 알게 해주는 사랑

아름답게 피어있는 꽃들을 피우기 위해
자연의 섭리를 거치며 피우듯이
사랑도 때론 격렬하게 오묘함의 극치를
아름답게 승화시키는 사랑을 하리

한 곳을 바라보고
내 죽어 땅에 묻혀도
거름이 되고 빛이 되는 사랑

바다보다 더 넓고 깊은 사랑
하늘보다 더 높고
지고지순한 순백의 사랑

영혼을 불태우는
영혼불멸의 사랑을 하리라.

당신을 향한 마음

당신이 아파할 때 아픔도 같이 하며
힘들 때는 위로의 말도 나누고
따뜻이 포옹하며 격려도 하는 사람

당신이 땀을 흘린다면
시원한 그늘막이 되고
바람이 되어주며
마음의 풍요로움을 전해주는 사람

가식적인 사람보다 진실한 사람
때로는 부드럽고 포근한
어머니의 정을 주고 싶네

어렵고 힘든 우리네 세상살이 막막하지만
연인이 되어 사랑의 감정을 느낄 수 있게 하리

그대 곁에서 환히 밝혀주는
등불이 되고 싶어라

한세상 어여쁘게 핀 꽃처럼
순수하고 정열적인 사랑을 하며
그대와 한평생 살고 싶어라.

어느 가을밤에

아침저녁으로 서늘한 바람이
내 온몸을 감싸고
파란 하늘의 뭉게구름 속에
그 님 얼굴 환하게 미소 짓는 모습 떠올리며
그리움에 가슴 적시고

어디선가 흘러나오는
감미로운 피아노 연주는
나를 잠재우는 자장가
심금을 울리는 그대의 보이스에
내 맘은 설레이네.

울긋불긋 물들은 낙엽
우리 사랑도 알록달록 오색빛 색깔을 입히고
산새들 지지배배 지지배배 노랫소리에
우리 두 손 꼭 잡고
사랑을 확인하며 긴 포옹도 하였지

첫 만남 가슴을 설레게 했었던
첫 느낌의 마음처럼
한평생 아름다운 동반자로
살아갈 수 있다면 좋으련만
세월이 흘러도 변하지 않을 사랑
지고 지순한 사랑

망망대해 바다 너머에 떠 있는 등대처럼
환하게 불빛을 비춰주고
서로에게 빛이 되어주는
등불의 사랑이 되어주면 좋으련만…

가을이 되면

가을이 되니 사색에 잠기게 되고
나의 시각을 아름답게 수 놓아준 산이 있어 행복하다네.

울긋불긋 알록달록 오색 단풍으로 물든 낙엽처럼
거리를 오가는 사람들의 옷차림은 화려하지만
쓸쓸하고 허전한 내 맘을 무엇으로 표현하리

가을이 되면
양 어깨에 짊어진 삶의 무게가
왜 이리 더 무겁게 느껴지는 걸까

가을이 되면
그리움에 내 두 눈에
눈물이 맺히는 것을
떠나간 그 임은 아시려나.

살아있다고 사는 게 아니더라

사는 게 무언지
지금 살아있다고 사는 게 아니더라

지금 숨 쉬고 있다고 살아있다고 말을 하지만
한치 앞도 모를 우리네 인생 살이

태어날 때도 빈손 갈 때도 빈손이거늘
뭐 그리 아등바등 허둥대며 살아야 하는 건지

언제 떠날지 한 치 앞도 알 수 없는 인생이거늘
욕심 사심 다 버리고 세월 흐르는 대로

유유히 흐르는 강물처럼 잊을 건 빨리 잊어버리고
웃으면서 건강하게 사는 게 멋진 인생이거늘

이제 노년의 삶 배려하고 나누고 섬기며
이웃과 정답게 웃으며 봉사하면서

그냥 웃고 살자 하하하 호호호
행복한 미래를 위해서...

고드름

초가집 처마 끝에 대롱대롱 매달려 있는 고드름
밝은 햇살에 고드름은 눈부시게 반짝이네.

언제 떨어질까 하고 고개를 갸우뚱해 보지만
떨어질 생각 않고 더욱더 단단하게 매달려 있는
고드름 따서 먹으려고 막대기로 건드리면
두 동강이 되어 바닥에 떨어져 버리네

친구들 불러 친구 등에 올라타 고드름을 따고
손이 시려서 호호 불어가며
친구들과 고드름을 먹으니 속까지 시원하네

아삭아삭 소리에 하하 호호 웃으며 씹어먹던 겨울 아이스케키
어린 시절 유일하게 겨울에 따먹었던 얼음과자 고드름

세월이 흘러 생각해 보니
우리네 인생도 처마 끝에 매달려 있는 고드름처럼
아슬아슬하게 줄다리기하는 심정이네.

그대와 둘이라면

가지 말라고 애원하던 당신
내 사랑 그대를 다음 생에 태어나도 사랑하리

라벤더 꽃향기에 취해 마음 따라 몸 따라
바라볼 수 있는 곳에서 그대 곁에서 살고 싶네

아름답고 멋진 미래를 위해 자연과 벗 삼으며
그대와 단둘이서 희망의 날개를 활짝 펼치고 싶네.

향기 나는 국화차 마시며 사랑을 고백한 당신
타들어가듯 온몸이 파르르 떨리며 전율이 느껴지고
하염없는 기쁨에 내 온몸 그대의 품에 안겨 보네

내 모든 걸 다 주어도 아깝지 않을 사랑을
난 기다릴 거야.

비오는 날에는

비가 내리는 날엔
그리운 사람이 있어요
사무치게 보고픈 당신
품에 꼭 안겨 보고 싶어요

동동구루무 한번 바르지 않았어도
밝은 햇살처럼 빛이 나던 당신의 얼굴

우리들의 먹거리를 위해
갖은 고생을 한 손
마디마디 마다 굳은 살 박힌 손인데도
보석처럼 빛났던 손

긴 겨울 자식들 추울까봐
몸소 해온 땔감으로
아궁이에 불을 지피우시던 당신

39세에 홀로 되시어
이산 저산 다니시며 나무를 해서
긴 겨울 겨우살이를 준비하셨던 당신
남자의 힘든 일도
여자의 몸으로 손수하며
딸자식 넷을 바라보며
헌신하며 사셨던 당신

자식 위해 정안수 떠 놓고
새벽마다 기도 하시던 분
그 한많은 세월에도
자식 앞에서 눈물 한방울 비추지 않으셨던 분

그 받은 사랑 돌려 드리고 싶어도
돌려드릴 수 없어 가슴이 아려옵니다
제 삶의 멘토이셨던 당신
하염없이 내리는 빗소리에
어머니 모습 그립니다

먼 훗날 어머니를 다시 만날 때
이승에서 잘살다 왔노라고 격려해주세요
최선을 다해 잘 살다 왔다고 꼭 껴안아 주세요.

어머니는 내 삶의 등불

2부

나무 땔감

어린 시절 긴 겨울
방을 따뜻하게 지필 수 있었던 나무
깊은 산 골짜기 다니시며
낡은 나무 걷어 내어 한짐 가득 채우고

땔감하러 보리밥에 신 열무김치 한 조각과
백반을 몸에 지니고 물병 하나 들고
험한 산 구석구석 다니며 나무 한가득해서
머리에 이고 등에도 메고
산 넘고 물 건너 오시던 당신

아궁이에 나무 한짐 넣고 불을 지피며
군고구마 구어 주니
그 맛은 달달하고 구수한 맛
어머니의 사랑이 담긴 정성의 맛이었네.

추운 겨울 어머니가 해 온 나무로
방안에 따뜻한 온기가 있어서
추운 줄 모르고 살고

불을 지핀 솥에는 뜨거운 물이 있어
큰 통에 물 한가득 받아서 목욕할 때는
이 세상 무엇과도 바꿀 수 없는
어머니 헌신의 세월이 묻어나는
가족의 따뜻한 울타리를 느끼게 하는 삶이었네.

산 넘어 들 넘어 개울 건너
나무하고 오시던 울 어머니
세월 지나 보니 알았네

삶의 무게와 나무의 무게에 짓눌려
허리는 할미꽃이 되었다는 것을...

꽃 피는 봄이 오면

꽃 피는 봄이 되니
내 마음 설레이네

개나리 진달래 벚꽃처럼 분홍빛이었던
내 청춘은 온데간데없고

이제 이순을 바라보는
나이가 되었다네

봄 햇살에 메말랐던 내 가슴 활짝 열어
목마르게 기다리던 내 사랑 오기를 바라며

꽃 피는 봄이 오면 하얀 눈꽃처럼 내리는
벚꽃길 거닐 수 있는 내 사랑도 기다릴 거야

사랑은 그리움 보고픔 기다림이니까.

사랑이란

사랑은 생각만 하여도 설레고
바라만 보아도 가슴 떨리고
사랑을 돌탑 쌓기와 비유하고 싶다

잘난 것 못난 것
비뚤어진 갖은 모양의 돌들이 모아져
단단한 돌탑을 쌓지 않던가

사람의 시각을 즐겁게 하고 감탄도 하며
묵묵히 그 자리에서 비가 오나 눈이 오나
우리를 반겨 주지 않던가

사랑도 마찬가지 아닐는지
늘 좋은 날만 있는 것은 아니고
때로는 사랑 때문에 마음이 아프고
그 사랑이 떠날까 봐 노심초사한다

그대 곁을 지키는 사랑이란
단단한 디딤돌로 거듭나기를 반복하며
사랑을 이어가야 할 것이다

사랑은 묵묵히 바라보는 것
배려와 관용 속에 안아주며 기다리는 것이다

저 돌탑처럼 웅장한 사랑은 아닐지라도
은은한 향기와 더불어 가는 사랑이었으면 좋겠다.

별빛에 그리움을 띄워보내고

별 하나에 그리운 마음 담아서
너의 얼굴을 그려보고

별 둘에 사모한 마음 담아서
우수에 찼던 너의 두 눈을 그려보고

별 셋에 너만을 사랑했었던 내 마음에
슬픔을 달래려 노래를 불러본다

아무 이유 없이 네 마음이 떠나버린 후에
반짝이는 별빛처럼 내 눈가엔 이슬이 맺히고

떠나보내야 하는 내 사랑에
긴 한숨을 저 별에게 토해낸다

무수히 떠있는 별빛에 대고 불러본다
사랑했었던 그 님을...

내 하나의 사랑은 가고

내 하나의 사랑은
불러도 대답 없고

내 하나의 사랑은
그리워도 볼 수 없으며

내 하나의 사랑은
아쉬움만 뒤로 한 채

내 하나의 사랑은
속절없이 흘러가는 세월처럼

내 하나의 사랑은
살랑이는 바람결에 말없이 떠나고 없구나.

나비야 나비야

어느 봄날 내게 다가온 나비 한 마리
살포시 다가와서 호기심을 주고 갔어요

장미꽃이 만발한 어느날 나에게 다가와 속삭이며
설레임을 주고 갔어요

아카시아 향기 그윽한 날에
또 한 마리의 팔랑나비는 그리움을

또 한 마리의 노랑나비는
사랑이라는 선물을 내게 주었어요

호기심 설레임 그리움 보고픔에
예쁜 꽃가루 뿌려놓고

나비는 살며시 내 곁을 떠나
멀리멀리 날아가 버렸어요

아름다움을 간직한 채로…

남편의 분신 화초를 보며

일일이 말하지 않아도 기억하지 않아도
이심 전심 생각나는 나의 반쪽
삼월이라고 애지중지 키운 화초가
방안에서 활짝 피었네

물도 주고 사랑도 주며
애지 중지 키우던 너의 주인은 없지만
당신이 남긴 분신을 아끼고 사랑 주며
애정을 쏟은 내 맘을 화초는 알고 있겠지

육신은 고달프고 외로워도
화초가 있었기에 내 맘은 행복했었다고
칠전팔기 정신으로 쓰러지면
또다시 일어나리라 팔팔하게

건강하게 살아
나의 예쁜 두 딸 결혼도 시키리라
구구절절 내 사연 알아줄 사람은 없지만

십 년 아니 이십 년 화초와 벗 삼으며
이 생명 끝나는 날까지 사랑하며 살다 가리라.

내게 이런 사랑이 온다면

햇볕이 내리쬐는 여름날
사랑을 갈망하는 것은
눈이 부시도록 빛남에 있고

나 그댈 좋아하는 데
나의 고통 번뇌를 따스한 가슴으로 감싸주는
당신을 사랑함에 무슨 이유 있으리

소나기가 내리던 여름날
슬픔에 하염없이 눈물 흘리는 나의 볼을
살며시 닦아주는 당신이라면
사랑하고 싶음에 무슨 이유 있으리

그댄 나에게 햇볕이 되어주고
비가 오면 우산이 되어줄 사람
그대는 때론 생동감을 느끼며
희망을 노래하는 봄날이 되어줄 사람

또 나의 그늘이 되어줄 사랑이 찾아온다면
나 또한 그대를 사랑하리
나의 힘이고 태양이었을
당신을 향해 손짓하며 사랑해 보리라.

그대 보고픔에

그대 보고픔에
내 마음은 아련하게 밀려드네요
그대 그리움에
눈시울이 붉어졌어요

그대 보고픔에 내 마음은
텅 빈 항아리가 되었어요
그대 그리움에 내 가슴은
바다 한가운데 떠 있는 돛단배 같아요

그대 기다림에
내 눈망울은 또르르 또르르 떨어져
작은 물방울을 이루게 하네요

그대 기다림 보고픔에
내 눈물방울은 소리 없이 흘러내려
연꽃잎 위로 떨어져서
작은 호수를 이루게 하네요

그대는 나의 생명 나의 태양
그대는 내게 행복을 주는 사람

그대 기다림도 내게 선물이며
그대 보고픔도 내게 선물인 당신에게
먼 하늘 위로 편지를 보냅니다
사랑의 편지를요.

벚꽃에 맺은 사랑

살랑이는 봄바람에 소리없이 내게 다가온 사랑아
하얗게 피어오른 벚꽃 위에 내 사랑 내 인생을 걸었네

첫눈에 반한 너와 나 사랑에 두눈을 멀게 하고
그 거짓 사랑에 눈을 뜬 순간
휘몰아치는 비 바람에 벚꽃잎도 우수수 떨어졌네

땅위에 떨어진 하얀 눈꽃 벚꽃 보니
내 마음이 서글퍼 지는구나

벚꽃위에 새겨진 사랑 황홀했던 그날밤의 사랑
가녀린 내마음에 맺어준 아름다웠던 사랑
영원히 잊지 못하리라.

가자 내 고향으로

가자 내 고향으로
파란 하늘에 뭉게 구름 떠 돌고
길가에는 청록색 나무숲이
날 반겨주는 내 고향

그윽한 아카시아 향기 가득하고
벌들은 단맛 찾아서
아카시아꽃 위에 춤추고

어머니 품속 같은 내 고향
그곳에 가면 할아버지 할머니가
환한 미소로 반겨 주네

내 고향은 사랑이 넘쳐 나는 곳
섬진강 물줄기에 은빛 나는 은어떼가 가득하고
섬진강 강물 위에 내 희망을 실어 보리라
유유히 흐르는 섬진강물에 나의 꿈 띄우리라

가자 내 고향으로
내 사랑 내 행복 찾아서.

소리 없이 다가온 사랑

소리 없이 내게 다가온 사랑이어서
내 맘은 흔들리는 갈대와 같습니다

그 사랑이 부서질까 두려워서
그 사랑이 바람결에 날아갈 것만 같아서

그 사랑이 영원할 것 같지 않아서
그 애달픈 사랑이 꿈이 아니길 바라는 마음입니다

지웠다가 또 쓰고
쓰다가 다시 지워버립니다

사랑이란 두 글자를
마음에 새기면서...

사랑은 이런 거래요

사랑은 이런 거래요
보고 싶다고 말하면 두 말 않고 달려와
걱정스런 모습으로 날 지켜보는 게
진실한 사랑이래요

하염없이 작아진
내 초라한 모습도 괜찮다며
내 두 어깨를 감싸주는 사람이
고마운 사랑이래요

사랑이란 이런거래요
행여 말하다 실수를 하여도 껄껄껄 웃으며
유머스런 말로 내 허물을 덮어주는 사람이
멋있는 사랑이에요

비를 맞고 거니는 내 모습을 보고
무한한 연민의 정으로 우산을 받쳐주며
살며시 안아주는 사람이
진짜 사랑이래요

외로움 고독함 슬픔 기쁨도
같이 나눌 수 있는 사람은
아름다운 사랑이에요

어둠이 있는 곳에 밝은 등불이 되게 하고
행여 인연이 아니 되어서 내 곁을 떠난다면
미련 없이 그대의 행복을 위해서
보내줄 수 있는 사랑이
진정한 사랑이래요

내 모든 것을 다 주어도 아깝지 않은 사랑
눈을 감아도 떠오르는 사랑
심장이 터질 것 같은 사랑
이게 바로 함께 나눌 수 있는
참다운 사랑이래요.

노래와 함께 행복 찾아

하늘에 떠도는 구름처럼
한세상 바람 불면 부는 데로
정신없이 살다보니
세월만 속절없이 흘러갔네

순수하고 고왔던 얼굴에
주름살만 늘어만 가고
흐르는 세월의 훈장이라 생각하니
서글픔이 밀려드네

고왔던 사랑 아름다웠던 젊음도
흐르는 강물처럼 떠나가 버리고
하늘에는 별들이 반짝반짝 빛나고
땅에는 예쁜 꽃들이 활짝 피었건만

바다처럼 깊고 넓은 내 사랑
하늘처럼 높고 푸르고 맑은 내 사랑
내 맘속의 사랑의 꽃
언제 피어날까!

흘러간 세월 막을 수도
붙잡을 수도 없지만
내 사랑 행복 찾아서
쿵짜자꿍짝 쿵짜자쿵짝

즐겁게 노래하며
한세상 살아가리라.

친구야 우리 함께 가자

친구야, 맑은 하늘을 보라
저 하늘처럼 맑고 푸르게 살아가세

친구야, 들녘의 싱싱한 초록의 나무들을 보라
저 나무들처럼 싱그럽게 웃으며 살아가세

살아온 날보다 살아갈 날이
얼마 남아 있는지 아무도 모르기에

저 푸르른 나무처럼
저 하늘에 떠 있는 뭉게 구름처럼 살아가 보세

친구들이 있기에 내가 있었고 내가 있기에 친구들이 있었고
오늘 이처럼 행복하지 않은가

우리 모두 푸르디 푸른 소나무처럼
살아온 인생 이야기하며 한세월 멋지게 살아가세

떠도는 뭉게 구름도 각각의 모양을 뽐내듯
우리네 살아온 인생 사연도 가지가지겠지만

우리 모두를 품어주는 파란하늘처럼
서로 품어안으며 살아가보세

오늘같이 좋은 날 동창 친구들아
우리 모든 것 털어버리고

남은 인생 멋지게 폼나게 살아가 보세
친구라는 이름으로

우리들의 미래의 앞날을 위해 기도하겠네.

운명

운명이란 타고난다고 말들 하지만
운명은 만들어 가는 것이라고 말하고 싶네

수 없는 세월 인고의 설움을 견뎌내야만이
비로소 나의 삶이 되는 것을

학습하며 노력하니
분명 대가는 따르는 것을
잘 모를 때도 있는 우리네 삶

무언가 이루고 난 후에
느끼는 통쾌함 속에
우리네 인생 살만하지 않은가

하루하루 나의 삶을 뒤돌아보면
어려웠던 그 시절을 겪었기에
지금의 내가 존재하지 않은가

날씨도 흐린 날 비 오는 날
맑은 날 눈 오는 날이 있듯이
우리네 삶도 불행 슬픔 끝에
행복이 찾아오듯

그러려니 하고 마음 비우며
웃고 사노라면
우리의 운명이 행복한 날이
될 거라고 믿고 싶네.

정의로운 사회

마음을 다하여 나라를 섬기자
정의로운 사회 속에
깨어있는 국민이 되자

나만 아니면 된다는 편견을 버리고
솔선수범하는 국민이 된다면
이 사회는 두리둥실 더불어 어울리며 사는 의식이
마음에 박혀 있을 것이며

운명론에 맡기지 말고 노력하면서
사람을 대할 때 거짓 없이
진실한 면모를 보여 주고

이해 양보 배려로 서로 화합하여
모든 일이 만사형통할 수 있도록 최선을 다하자

우리는 우수한 두뇌와 교육과정을 통해
창의력과 사고력을 가지고 사는 사람이 아니던가
우리는 한국 문화에 대한 자부심으로
자존감을 지키는 국민이 되었으면 참 좋겠네.

코리아여 영원하라

대범하고 강인한 코리아
대한의 사람이라 행복하다네

한복의 아름다움이 돋보이고
한편의 드라마와 같은 시련의 시간들을 극복하고

민족을 사랑하는 마음으로
내 조국 대한을 지켜준 선조님들이여

국제적으로 세계에서도
우수한 인재들만 있는 대한의 코리아여

힘 겨룸보다는 투철하고 냉철한
정신력이 돋보이는 코리아인이여

코로나 오미크론도 합심해
우리 곁에 못 오게 해서

예전의 활기차고 씩씩한
대한인이 되었으면 좋겠네

어린이들이 마음껏 뛰놀고 학습하는
정의로운 세상이 되기를 소망한다

자랑스러운 문화유산 한글이 있고
대한민국이 얼마나 위대한 나라인지 각인시키자

자주독립국가 대한민국 국민임에
자랑스럽게 여기라고 말해 주고 싶어요

내 조국 코리아 인임에
큰 박수로 화답하고 싶어라.

고향

고향은 내게
어머니의 품속 같은 존재이며
포근하고 정겨움이 있는 곳

어머니는 향토방에
청국장을 묻어두고 삭히시며
흡족해 하시는 웃음을 지어 보이시고

어머니의 고추장 된장
간장 갖은양념의 장아찌의 맛은
정성과 사랑이 가득한 명품이었네

내 삶의 멘토이셨던
어머니의 훈계는
나에게 살아가는 등불이었다네

고향의 흙냄새는
달콤하고 포근함이 가득하고

어머니의 냄새는
온갖 고생에 땀에 찌들었어도
천리 만리 퍼져가는
사랑의 향기였다네

수많은 세월이 흘러가도
잊지 못하고
내 마음 깊숙이 남아있는
어머니의 사랑
영원히 잊지 못할 것이네.

당신이 있어 행복해요

맑은 하늘을 보며 그림을 그릴 수 있는
당신이 있어서 행복하며
땅을 보면서 당신의 얼굴을 떠 올릴 수
있다는 것도 행복입니다

세월이 흘러 내 마음에 지워져버린
기억이란 단어 속에 잊혀가는 당신을 떠올리며
지우지도 못하는 추억 속으로 빠져버리며
그 길을 걸어가야 하는 당신과 나는 하나입니다

이루지 못한 사랑에 가슴이 메이고
내 눈에 하얀 이슬이 맺히지만
그 옛날 나에게 환한 미소로 나를 바라봐 주던
당신이라서 잊을 수 없습니다

그리워할 수 있는 당신 있어 좋으며
보고픔을 간직한 채 살아갈 수 있는 힘을 얻는
당신이 있어 행복합니다

그리움을 마음에 새기며
꿈속에서 당신을 찾아 여행을 떠나고 싶지만
이 세상 어딘가에 또 하나의 당신이 있다면
떨어지는 낙엽을 바스락바스락 밟으며

내게 다가와 힘찬 포옹으로 꼭 안아 주세요.
함께 할 수 있어서 좋은 당신
사랑의 미소로 내게 행복을 전해줄 수 있는
당신이었으면 참 좋겠습니다.

인생의 무상함

아름답던 꽃들은 피고 지고
또다시 봄이 오면
여지없이 피건만

인생의 무상함에
가슴이 미어지고

하나 둘 늘어만 가는
세월의 훈장 주름살에
내 두 눈에 눈물이 고이더라

살아있고 숨 쉬고 있는 동안
내가 느낄 수 있고
내가 그리워하는

내 삶의 흔적들을
이 세상 곳곳에
많이 남기고 떠나리라.

빗방울을 바라보며

적막한 잿빛 하늘 깜깜함 속에
빗방울이 장대비처럼 내린다

저 내리는 빗방울은
부모를 향한 그리움이 눈물이 되었나
자식을 향한 사랑이 눈물이 되었나

떠난 사랑의 목마름 속에 흘린 눈물이
빗방울이 되어 내리는가

세상을 향한 삶의 몸부림에
토해내는 한숨 속에
가슴에 억눌려 있던 한스러움이
빗물이 되어 내리는 건 아닌지...

저 내리는 비에
내 몸을 맡긴 채 비를 맞으리
슬픔 외로움 고독 떠나버린 사랑 모두
비와 함께 씻겨 가게 하리라

비 온 뒤에
찬란하게 비춰주는
오색 무지개의 꿈을 찾아서
힘차게 날갯짓을 하리라

먼 미래의 너를 위해서.......

봄은 내 곁에 오는데

처마 끝에 얼려 있던 고드름이 녹아서
떨어지는 낙숫물 소리
임 떠난 나의 눈물이던가

촉촉히 내리는 봄비에
봄은 우리 곁에 성큼 다가오고

기다렸던 나뭇가지 봉우리는
방울방울 맺혀있지만
떠나간 내 사랑은
언제 다시 오려나

오는 봄에 나뭇가지마다
새싹이 차오르고
짧았던 해도 길어지고
옷차림도 봄을 기다렸듯이 밝기만 한데

오는 봄에 누군가 한없이 그리워서
베갯잇을 적시며 잊으려 애를 써도
내 눈에 어른거리는 그대 모습

겨우내 움츠렸다 돋아나는 파릇파릇한 새싹
바위틈에서 고개를 갸우뚱하며 내미는 제비꽃
각양각색 아름다운 자태를 뽐내는
개나리 진달래 튤립 벚꽃들처럼

오는 봄에 생명이 있고 사랑이 넘치는
그대의 꽃이고 싶네.

혼자 되어 살다 보니

혼자되어 살다 보니 적막함 밀려오네
천지 간에 홀로라는 외로움이 감싸 오네
이 세상 태어날 때는 축복의 꽃이었는데

이순의 나이 되니 홀로 살기 힘이 드네
양어깨 짊어진 짐 언제쯤 가벼워질까
내 옆에 누군가 있다는 건 행복이요 기쁨이네.

어머니는 내 삶의 등불

3부

사랑은 내게 사치였네

기다렸던 사랑이 온다면
너와 나 둘이
행복한 꽃길을 수놓을 거야

너의 맘 나의 맘 하나 되어
나란히 같은 곳을 보고
똑같은 생각을 하며 동행을 하는 거야

부족한 내면을 꽉 채워주겠노라고
사랑한다며 다가온 당신이지만
왠지 불안 속에 마음이 흔들리고

대보름달이 환하게 밝혀주는 밤에
내 귓가에 대고 속삭이던 그대는
저 하늘의 별이 되었네

민들레 홀씨 되어서 날아가 버린
사랑의 아픔이여!

이제는 국화꽃 향기 가득한
사랑을 기다려 볼까나.

고향 하늘

나의 고향은 춘향이 고을 남원
나의 사랑하는 어머니 보고 싶어라

머나먼 저 하늘에 계신 우리 어머니
살기 바쁘다고 자주 못 본 게 한이로세

고생하신 흔적의 굳은살과 굽은 허리로
찰밥 장아찌 맛깔스러운 나물 반찬들을 챙겨주시고

한상 가득 푸짐한 먹거리를 손수 장만해
듬뿍 담아주시던 사랑의 명품 맛 잊을 수 없어라

향수를 바르지 않았어도 당신의 로즈 향의 향긋함과
은은한 국화꽃 향기만을 남겨 주셨네.

첫사랑의 추억

순수했던 소녀 시절의 추억
정 많았던 그 시절의 첫사랑

고왔던 소녀 시절의 첫 사랑
모든 것 다 주어도 아깝지 않았던 추억

고요하고 적막한 이 밤에
그리워지는 한 편의 드라마
내 마음 깊숙히 간직하며 살리라

아름답고 풋풋한 사랑의 추억은
내 삶의 에너지가 되었지

우연히 길을 가다
마주칠 수만 있다면 좋으련만

유난히 네온 불이 반짝거리는 것은
지나간 첫사랑의 추억이
새록새록 떠오르기 때문일 거야.

향수

고단한 타향살이
어언 몇십 년이던가
이 밤에 향수에 젖는
이 마음 그 누가 알까

무슨 말을 다하리
누구에게 하소연하리
그리움 외로움 안고 살아온
설움의 나날들

정말 그립고 보고픈
부모님 형제들이여
이순의 나이가 되어 보니
인생의 참뜻을 알겠네.

인생

인생이란 무엇이며 삶은 무엇일까
한 번뿐인 인생
살만한 가치가 있는 법

포기하지 않은 삶은
희망이 있고 꿈이 있었네

시작이 반이라는 말이 있듯이
한 걸음에 올라가는 성공이란
있을 수 없더라

차곡차곡 돌탑을 쌓듯이
나의 삶을 살아왔네
오늘 못하면 내일이라는
두 글자에 내 인생을 걸었네

집 떠나 타향 객지살이 어언 50여 년
서러움의 날을 보냈더니
이제는 내 인생에
서서히 햇빛이 보이고

여자로 태어나 인고의 세월은
깨달음의 시간이었네

내게 다가올 앞으로의 인생은
오색찬란하게 떠오를
무지개처럼 환한
행복의 날이 오리라.

말하는 데로

우리의 삶 살아가는데 중요한 것은
다 말하고 생각하는 데로 되더라

꿈을 꾸어라 희망을 가져라
이 모든 건 다 생각하기에 따라 다 되더라

행복도 기쁨도 사랑도
어떻게 말하고 생각하느냐 따라서 다 되더라

삶이란 고단함 외로움이 공존함 속에서
성공도 있음이요 실패도 있듯이

성공하는 인생은 긍정의 결과 속에
성공이 좌우하듯이

안 돼 안 돼 보다 난 할 수 있어
해낼 수 있어 라는 자신감 속에

나 자신의 성공도 있고
행복도 따라 오더라

우리 예쁘게 생각하고 말도 해보자
행복한 삶 자신 있게 살아갈 수 있는 기틀을
내가 만들어 가자

미래의 나를 위해
우리들의 행복을 향해서
노를 저어 가자.

지금처럼만 살자

세월이 흘러간다고 한탄 말고
지금처럼 살면 되는 것을

가는 세월 막지 못한다고 한숨짓지 말고
지금처럼만 살면 되는 것을

사람이 태어날 때 빈손이듯
갈 때도 빈손으로 가는 것을
누구에게 하소연하리

이 세상 살아가는 이치인 것을
많이 가지려고 하면 화를 부르더라

없다고 한들 누가 알아 주나
뒤에서 손가락 짓으로 한심하다 할 것을

밥 세끼 다 먹을 것이요
잠도 다 잘 것이요
이러면서 살면 되는 것을

더 바란다고
다 내 맘대로 되는 인생은 아닌 것을

욕심 사심 다 버리고
지금처럼 살다 가면 되는 것을

이 한 세상 다 베풀며 살아 가자
빈손으로 이 세상 가는 것이니.

인생 고갯길

굽이굽이 넘어온 길 인생 고갯길
사연 담아 설움 담아
차곡차곡 쌓아 왔네

한번 떠난 내 청춘 어디에서 찾을까
흘러가는 강물처럼
내 젊음도 가버렸네

돌아 돌아 넘어온 길 인생 고갯길
숨 쉴 틈도 없이 내 청춘 내 젊음 불태웠네
슬프고 괴로워도 웃으며 살으니 좋은 날도 오더라

노래와 함께 맺힌 한 풀어 버리고
다시 오지 않을 내 청춘 내 젊음을
노래와 함께 내 삶을 보내리라.

행복은 생각의 차이

행복이란 무엇일까
행복이 내게 오기 전에 겪어야 하는
오묘한 이치가 있더라

우리에게 주어진 삶을
리드하고 조율하며 살아 가야겠지

모순된 문제점이 있다면
바꾸고 격려하며
자신에게 최면을 걸어야 할 거야

두리둥실 하하하 호호호 웃으면서
내 삶을 바꾸어 가자

행복도 불행도 생각의 차이 깊이의 차이듯이
나 자신을 뒤돌아보며 노력하자

내 생각 복주머니 속에
행복 기쁨만 실어 보자

하늘만이 내 마음의 진심을 아는 법이니
자만심에 나 자신을 얽매이게 하지 말고
자존감으로 세상을 향해 손짓하며 달려가자
행복이란 복주머니를 달고서...

넌 내 맘을 알까

그리워도 보고파도 볼 수 없는 너의 모습
이 마음을 너는 알까

사랑하며 행복했었던 그 추억을
지우개로 지워야 하는 내 맘을
넌 알고 있을까

사랑한다는 말에 내 마음은 설레었지만
떠난다는 말도 없이 가버린 너를 잊어야겠지

먼 훗날 세월이 흘러서 나의 소식 듣는다면
너를 사랑했었다고 기억해 주려무나.

그대 보고 싶을 때

그대 그대 보고 싶어
두 눈을 지그시 감고
회상에 잠겨 보네

그대 향취 그리워 남기고 간 옷자락을
코 끝을 실룩이며 맡아 보아도
그대 향취 간 곳 없네

그대 보고 싶어
두 눈으로 파란 하늘에
그대 얼굴 그려 봐도

구름 한 점 두 점
스치고 지나갈 뿐
그대는 보이지 않네

바스락거리는 소리에
벌떡 일어나
현관문으로 달려가 봐도

보고 싶은 그대는
아니 오고
바람 소리만 가득하구나.

창밖에 비가 내립니다.

창밖에 비가 내려요
유리창에 떨어지는 빗방울 소리
나의 심장을 울립니다

창밖에 비가 내립니다
누구의 이별의 설움인지 모를 빗소리에
나의 가슴을 멍들게 하네요

비가 내리는 밤이면
외로움 나의 눈물과 함께 강으로 바다로
쓸쓸함을 흘러 보내고 싶습니다

그리움이 뼛속까지 스며드는 밤
보고 싶고 또 보고 싶은
그대의 품에 안기어 잠들고 싶어요

불현듯 떠오르는 그대 모습에
나의 발걸음은 현관문에 귀 기울여 보지만
그대는 아니 오고
세차게 내리는 빗방울 소리였어요.

창밖에 비가 내립니다
혼자만의 애달픔이 아닐지라도
내리는 빗소리를 자장가 삼아서

진한 커피향과 함께
그대의 어깨에 기대며
그대의 가슴에 안기며
나의 사랑은 진정한 사랑이었다고 말해 줄래요.

내 눈물이 흐를 때에는

내 눈가에 눈물이 방울방울 맺혀 있을 때에는
누군가를 몹시도 그리워 하기 때문이야

내 눈물이 두 볼을 타고 흘러내릴 때에는
외로움에 사무쳐 고독에 몸부림치기 때문이야

내 눈가에 눈물이 펑펑 쏟아져 내릴 때에는
사랑했던 사람을 떠나보낸 아픔 때문이야

삶과 생존의 갈림길에서 흘러야 하는 눈물이라면
모두 다 쏟아내리라

외로움과 고독함에 흘렸던 눈물을
이제 저 푸르고 넓은 바다에 띄워 버릴 거야

얼어붙었던 내 가슴에도 따뜻한 봄이 오듯이
누군가를 사랑할 수 있음에

다시 기쁨의 눈물이 흐르기를
나는 기다릴 거야.

그 님을 보내며

그리워도 그립다고 말할 수 없어요
보고파도 보고 싶다 말할 수 없어요

듣고 싶어도 들을 수 없는 그대의 감미로운 목소리
나의 연인이었던 그대 내게 아픔만을 남겨둔 채

멀리 떠나갔기에 그리움에 내 두 눈이 짓물러도
보내야 하는 슬픔을 살랑이는 바람결에 떠나 보내야 해요

먼 훗날 그대 까닭을 묻거든
사랑했기에 보내주어야만 했던

내 맘은 갈기갈기 찢긴 휴지처럼 되고
내 심장은 뻥 뚫린 공허함이었다고 말 할래요

사랑은 아픔이라 했듯이 이룰 수 없는 사랑이라서
그래도 한때는 진정 사랑했기에 용서하며
그대의 앞날에 행운과 행복을 빌어 줄래요.

인생무상

저물어 가는 석양의 노을빛은
각양 각색의 물감으로
아름다운 자태를 뽐내며 손짓하는데

인생의 종착역 황혼역은
이마에 그어진 주름살과
손마디마다 박힌 굳은 살

고난 속의 역경의 세월을 보낸 인생 여정은
주름살과 굳은 살의 흔적뿐이니
인생무상이로세.

인생 여행

바람이 불면 부는 대로
구름 따라 흘러가는 게 인생이던가

비 오면 오는 대로
세월 따라 흘러가는 게 삶이던가

다시 돌아오지 않을 내 젊은 날의
꽃다운 청춘을 어디에서 찾을까

숨 가쁘게 달려온 내 인생
과거로 묻히기엔 아쉬움이 남고

돌아갈 수 없는 내 청춘이기에
안타까운 사연 하나쯤
가슴에 고이 간직하고 싶은 것을

맑게 흐르는 계곡물에 앉아
신선놀음에 젖어보고 싶고

때로는 바람처럼 구름처럼
때로는 꽃향기에 취해서

훌쩍 어디론가 여행을 하고 싶구나
사랑하는 님과 함께…

봄날에 기억 속으로

벚꽃이 화사하게 만발한 어느 날
내게 사랑을 주었던 당신

애원해도 뿌리치며 가버린 당신
내 어찌 잊으리오

천 년 만 년 살 것처럼
손가락 걸며 다짐하던 너와 나

벚꽃이 만발한 봄날
사랑을 안겨주던 당신은

하얗게 내리던 벚꽃잎처럼
내 가슴에 꽃가루 뿌려놓고 떠났네

떠날 거면 정이나 주지 말지
하나 둘 떨어지는 꽃잎을 보니 가슴이 메이네

꽃이 피면 다시 돌아온다던 내 님 소식이 없고
이 아픈 사랑에 내 눈가 이슬 맺히네.

인생 열차

첩첩난관 뚫고 숨 쉴 틈도 없이 달려왔는데
덜컹덜컹 달리다 보니 고난이란 역이 또 다가오네

하늘 보며 기도했네
이번 역은 높고 맑은 파란 하늘만 같으라고

고난의 역을 지나 가파른 고갯길 넘고 나니
또 다시 슬픔 역이 나오네

슬픔 역에 내려 한숨 쉰들 무엇하리
힘껏 기지개 펴고 바닷물에 슬픔을 던져 버리리

열차를 다시 타보세
덜컹 덜컹 잘도 가는 열차야

다음 역에 내리니 눈물 역이 나오네
인생사 다 그런 거지

내리는 소낙비에 내 눈물 다 흘려 보내고
열차를 다시 타보세

인생은 반전이라 하지 않았던가
어딘가에 인생 종착역은 있겠지

눈물 역 지나 행복 역이 나오네
행복 역 도착해 보니 사는 게 별거 없는 것을

세상사 마음먹기 달렸더라
욕심 없이 사심 없이 살다 보니 좋은 날도 오는 것을

칙칙폭폭 칙칙폭폭 인생 열차
소리가 유난히 아름답게 들리네

달리자 달려보자 인생 열차야
미래의 부푼 희망 행복 찾아서.

가지에 한올 남은 잎새

떨어지는 낙엽을 바라 보니
마음이 괜시레 울적하고 허전하네

지나간 아름다웠던 옛 사랑도 생각나고
지난날의 추억도 그리워 지는구나

막막했던 쓰라린 가슴을 끌어안고
막차인 기차에 내 몸을 맡긴다

창밖을 바라보니
잎사귀만 한올 남아있는 가지 위에

새들도 구슬피 우는구나
사랑의 목마름처럼…

세월호의 영혼을 위로하며

가련하고 불쌍한 세월호의 영혼들아
나를 두고 너는 어디에 있느냐

다시는 못 올 길로 떠나간
너희들을 어찌 잊으리오

나만 아니면 된다는 사고방식에
마음을 다치며 떠나간 너희 생각에

바른길도 인도도 못 하고
온 국민이 바라는 마음은
무사히 생환하기를 바랐는데

사리사욕으로 얼룩진 어른들의 무책임 때문에
영영 머나먼 길로 떠나가 버린 너희들

앞으로 볼 수 없다는 생각에
눈물이 앞을 가리고
차라리 내가 죽을 것을 하고
통곡해 보고 울어 봐도

가슴이 새까맣게 타들어 가도록 불러도
아무 대답 없는 나의 아들딸들아

타오르는 붉은 태양처럼
너희가 이 세상에 존재해야 하거늘
파란 나뭇잎처럼 싱그럽고 발랄했던
우리 아이들의 모습이었거늘

하염없이 눈물이 앞을 가리지만
어른들의 잘못으로 피워보지도 못하고
영영 떠나간 아들딸들아
정말로 너희를 잊지 않으리라

진정으로 사랑한 아들딸들아
저 하늘에서는 마음껏 날개를 펼쳐 보렴아.

너와 나의 사랑

널 생각만 하여도
바라볼 수 있다는 사실만으로도
내 마음은 설레이네

내 마음에 그려보아도
입가에 번지는 행복한 미소

널 그리워하고
바라볼 수 있다는 사실만으로도
내 심장을 요동친다

널 바라보노라면
밤하늘의 반짝이는 별빛을 보는 것 같으며
너의 눈빛은 뜨거운 태양을 상상하게 만든다

그대가 내 전부인 것처럼
그대는 나로 인해 행복을 느끼며
사는 삶이었으면 좋겠어

내가 너에게 해줄 수 있는 것은
그대를 위해 기도해 주는 것뿐이야

그대를 생각만 해도
내겐 기쁨이며 희망이고
내 삶의 크나큰 축복이지

울긋불긋 물들어가는 단풍잎처럼
너와 나 아름답게 오색찬란한 색깔의
옷을 입히고 싶다

그대를 향한 나의 영원한 사랑의 색깔을
아름다운 이 가을처럼 꾸며 가리라.

파란 하늘 위 구름이 좋아

파란 하늘이 눈부시게 참 좋구나
여러 모양의 그림을 그린
뭉게구름이 참 좋구나

나도 저 구름 속에 들어가서
나만의 또 다른 모양의
구름이 되고 싶구나

파란 하늘과 하얀 뭉게구름이
조화를 이루어
사람의 마음을 움직이게 하듯

자연이 주는 숭고함에
마음에 깊은 여운을 남기는구나

이 세상에 태어나
들숨 날숨으로 살아가는 우리
자연이 주는 아름다움에 취해서

옛날의 추억을 더듬으며
살아가지 않는가

살아가는 동안
만인에게 싱그러움을 주는
아름다운 사람이고 싶구나.

겨울비가 내리네

비가 내린다
이제 겨울이 우리 곁으로
성큼 다가오려나 보다

외롭고 쓸쓸했던 내 마음에 사랑을 주고
흔적 없이 내 곁을 떠나버린 그 사람
내리는 겨울비와 함께 날 찾아 다시 오려나

부슬부슬 내리는 겨울비에
내 마음도 촉촉이 적시네
너를 알고 나를 알아가기에 부족함이 많았던 우리
내리는 겨울비에 내 눈가에도 빗물이 고이네

겨울비에 우수수 떨어지는 낙엽을 보며
길모퉁이에 서서
너의 이름을 나직이 불러 물어본다

날 정말 사랑했었느냐고.

사랑해도 좋은 사람

어느 날 내게 살포시 다가온 그녀
사랑해도 좋을 사람

상큼하게 웃는 모습 마음이 고운 그녀
사랑해도 좋을 사람

나와 마음이 통한 그녀
이해하고 배려하며 사랑하며 살아가자

언제나 힘을 주는 그녀
사랑하고픈 사람

허물은 덮어주고 용서하며
친구 같은 연인으로 살아가도 좋을 사람

살다 보면 가시밭길도 함께 헤쳐가자며
힘을 주는 그녀 사랑해도 좋을 사람

둥글둥글 웃으며 알콩달콩 웃으며
지혜롭게 사랑하며 살아가고픈 그녀

남아 있는 세월 얼마가 될지는 모르지만
샘물이 솟아나듯 축복받으며 살아가요

사랑해도 좋을 우리들이니까.

내마음의 별

어둑해진 저녁 그림자를 뒤로하며
가는 길을 밝혀주는 저 하늘의 별

동쪽 하늘의 별 반짝거리며
환하게 비춰주는 별은 어머니 별
서쪽 하늘의 별은 나의 별

저 동쪽 하늘 구름 너머로
반짝이는 별은 당신 별

봄이 되어 새싹이 차오르고
싱그러움을 주며 실록의 여름이 오고

가을이 오고 겨울이 반복되는 삶이지만
오로지 내 마음의 별은 당신 별하늘의 수많은 별을 따다
내 마음에 심은 적도 있었지

내게 사랑이 찾아오면
마음의 문을 열고
반짝이는 별속으로 여행을 떠나리라고...

별을 따다 그대의 가슴에 안겨드리며
내 사랑을 받아 달라는 소망을 담아서
내 마음의 별인 당신 별에게
세월이 흘러도 변하지 않은 사랑을 원하며

저 하늘의 별을 한가득 따서
그리움을 담아
안겨 드리고 싶어요

사랑이란 이름으로...

은빛 모래성에 쌓은 사랑

내 생명이 끝나는 뒤에
사랑했던 너는 나를 잊을 거야

어느 날 문득 혼자 생각에
허전함이 밀려오는 밤에

비가 내리는 봄비를 맞으며
너와 나 행복했던 추억 떠 올리며

외로웠던 순간 지나간 다음
깨달음이 있을 테니 착한

내 님 슬퍼해도
비 소리라 상상하지 마

너의 눈빛 머물던 곳에
은빛 모래성을 지어 보리라

은빛 모래성이 비바람에 날리면
쓸쓸한 너의 영혼 아름다울까

모래성이 비바람에 흩어지고
남아있는 작은 흔적들 속에

착한 그대 속상해도
인생이란 그런 거라 생각을 해요.

이루지 못한 사랑아

나를 네가 믿지 못하는 사실
내 맘이 너무 슬퍼

존재의 가치도 알기도 전에
두 볼을 타고 흘러내리는 뜨거운 눈물

이 눈물이 훗날 아름다운 사랑으로
승화시켜 주는 눈물이었으면 좋겠어

너의 숨결 고스란히 남아 있는데
다정했던 너의 말에 내 맘은 요동 쳤고

너를 생각만 해도
나는 하늘을 날아오르는 것만 같았지

착각 속에 살았던 지난날
짧고 굵게 다가온 사랑 앞에서

난 너의 생각으로
잠을 이룰 수도 없었지

이 사랑이 물거품이 된다는
사실에 마음은 아파도

너를 기억하고 살아갈 수 있다는 것만으로도
삶의 원동력이 되었으면 좋겠다

생의 한 페이지를 장식한 내 슬픈 사랑
세월이 흘러도 넌 내 마음을 몰라주겠지만

언젠가 내 마음을 알게 되는 날
나비처럼 살포시 내 곁에 다가오렴아.

가을비 사랑아

비가 내린다
가을비가 겨울을 재촉하듯이
하늘이 캄캄해지며 세차게 쏟아진다

창문 너머 아스라이 들리는 빗방울
누구의 한스러움이 가을비에 묻혀
굵은 빗방울이 되었을까

토해낼 것 같은 아픔에
내 마음에도 멍울이 자리 잡으며
나만이 전부이다던 그 님도
가을비에 떠나고 없구나

보내야만 했던 그 사랑에
내 마음은 가을비에 젖은
나뭇잎 같았을 거야

사랑을 보낸 원통함에
쓸쓸하게 옷깃을 여미며
빗속을 나홀로 거닐며 울음을 삼킨다

사랑 때문에 울고 웃었던 추억을 떠올리며
이유도 모른 채 떠나버린
그 님 모습 떠올리며

낙엽 떨어지는 추억의 거리를
가을비와 함께 거닌다
사랑이 담긴 아쉬움과 함께...

가을에

들판에 무르익은 벼 이삭이 고개를 숙이고
농부들의 피와 땀이 섞인
사람 사는 냄새를 느끼는 가을이라 참 좋다

짚으로 만든 사람 모양의 허수아비
참새떼 쫓으려고 만든 농부 심정은
곡식 하나하나가 자식이라고 생각하기 때문이겠지

온갖 정성 들여 거둔 곡식 한톨한톨은
농부의 피와 땀이 만들어낸 사랑의 결실이 아니던가

각양각색의 고운 색깔로 아름다움을 주는 가을은
생각나는 사람도 있고 나뭇잎을 책갈피에 끼워 달고
닳을 때까지 간직한 추억도 있지 않은가

국화 향기 가득한 가을
코스모스 한들한들 거리는 들길을
사랑하는 사람과 거닐고 싶은 이 가을이 참 좋다

꺾이지 않은 아름다운 여인으로
이 가을날에 오색찬란한 색깔의 단풍으로
나 자신을 물들이고 싶다

가을이 주는 계절에 한들거리며
여러 잎이 모여서
예쁜 모양새를 뽐내는 코스모스처럼

나는 다짐해 본다.
멋진 비상의 날개짓을 향해
또 하나의 꿈을 키워 보리라고.

장미꽃 위에 나비

한들한들 춤추며 사뿐히 내려앉은
장미꽃 위 나비 한 마리

장미가 아름다워 왔나
그윽한 장미향에 취해서 찾아왔나

고운 님 찾아서 날아왔을까
한참을 춤을 추며 주위를 맴돌던 노랑 나비

단물을 꽃 속에 입술로 넣어 주던 나비는
황급히 날개를 펄럭이며 어디론가 떠나려 하네

장미 가시가 찔릴까 무서워 떠나는 걸까
사랑이 그리워 떠나려 하는지

너울너울 훨훨 날아오르는 노랑 나비
진정 님 찾아 멀리멀리 가는 걸까

널 내 품에 꼬옥 안아주고 싶구나.

떠나는 사랑을 위해

나 만을 그리워한다는 그 말에
내 마음은 설레었네

나만 생각하며 살아가겠다던 그 말에
내 심장은 두근거렸네

내가 보고 싶어 눈시울이 붉어졌다는 그 말에
수줍은 소녀적 내 얼굴은 빨갛게 익어가고

평생 나만을 사랑하며 살겠노라고 그 말이
진실이길 바라며 그 마음에 거짓이 없기를 바랐었지

서로가 서로의 우산이 되겠노라고 다짐하며
맹세를 하였지만 내 곁을 떠나버린 그대여

떠나야만 했고 떠나보내야만 하는 운명 속에
난 그 님의 행복을 빌어 주리라

내 마음에 지녔던 사랑을
그 님이 알아주면 좋으련만

내 온몸을 바쳐 사랑한 님이기에
축복의 노래를 불러 주리라

사랑했던 당신이기에...

인생의 의미를 돌아보며

구름 따라 바람 따라 강물이 흐르듯
인생도 그렇게 흘러가더라

둥글둥글 모나지 않게 살아가는 것도
인생의 숙제이더라

덧없이 왔다가 덧없이 가는 것도 인생이기에
나에게 주어진 한 번뿐인 내 인생 덧없이 보낼 수 없잖은가

맛깔나게 살맛 나게 사는 것도 내 몫이요
행복한 인생 사는 것도 다 나 할 탓이더라

남이 자는 시간에 출근하며 살지만
내가 일할 수 있음에 행복이요

삶의 터전이 있음에
삶을 복되게 꾸밀 수 있음이니라

밤에만 피는 꽃 간호사의 직업에 자부심을 가지며
미소 천사로 환우분께 다가가렵니다

밤하늘의 별을 새며 출근했다가
아침에 떠오르는 태양을 보며 퇴근을 하는 삶이지만

살아보니 가진 것이 많다고 행복한 것은 아니요
가족과 알콩달콩 둥글둥글 건강하게 사는 것이 삶의 진리라고
말하리라

천년화처럼 영원히 피어있는 꽃이고 싶고
천리 만리 향기나는 삶이고 싶은 바램을 가져 보네요.

어머니는
내 삶의 등불

발행일 | 2022년 11월 20일
지은이 | 송정 양수아
발행인 | 도서출판 유성
펴낸곳 | 도서출판 유성
주 소 | (우 03930) 서울시 마포구 월드컵북로 332-19,
상암라이크3빌딩 201호
연락처 | 070-7555-4614
E-mail | youseong001@hanmail.net
등 록 | 2019-000098호
정 가 | 12,000원
ISBN 979-11-966900-7-6(03810)

* 파본이나 잘못된 책은 구입하신 곳에서 바꿔드립니다.